KB051254

때를 기다려

때를 기다려

1판 1쇄 | 2016년 10월 01일

문자그림 | 박지후
글 | 짱아찌
펴낸이 | 장재열
펴낸곳 | 단한권의책
출판등록 | 제251-2012-47호 2012년 9월 14일
주소 | 경기도 광명시 광명로 832번길 18-13, C동 302호
전화 | 010-2543-5342
팩스 | 070-4850-8021
이메일 | jjy5342@naver.com
온라인 카페 | http://cafe.naver.com/onenonlybooks

ISBN 978-89-98697-31-0 02810
값 | 12,800원

감성 타이포그래피 에세이

때를 기다려

문자그림 **박지후** | 글 **짱아찌**

단한권의책

CONTENTS

작가의 말

우연히 드라마를 통해 알게 된 "인생은 거짓말 같아"라는 말을 좋아한다.

누군가를 그리워하며 살든, 과거의 아픈 기억을 모두 잊고 순간순간을 행복하게 살아가든 어차피 각자의 항로를 따라 흘러가는 게 아닐까.

작품 활동을 시작할 무렵, 마음이 무척 아프고 조금 슬펐던 것 같다. 막막함 때문이었을까. 살짝 금이 간 커다란 통에 쉴 새 없이 물을 길어다 붓는 것 같은 느낌. 앞으로 걸어가야 할 길도 뚜렷하지 않고, 가진 것도 마음의 여유도 없었던 그때. 그림은 그 시절 내게 위로와 용기를 준 유일하고 소중한 친구였다. 속 깊은 친구처럼 내 마음을 이해해 주고, 내 이야기를 끝도 없이 들어 주고, 내 생각을 마음껏 표현하게 해 준 소중한 친구, 그림.

그래서 이 책 『때를 기다려』가 내겐 말할 수 없이 귀하고 소중하다. 사랑스럽다.

독자 여러분에게도 조금이나마 사랑받게 되기를….

하면 돼지

두려워 말자!
일단 하면 돼지.

토닥토닥

나를 위로할 시간이 필요할 땐
따뜻한 차 한 잔 속으로 퐁당.

차 한 잔의 여유를 가져 봐요.

그대 내게 오리

그대가 내게 와 주었으면….

잔잔히

밤을 넘고
달을 넘어

내게 올 거라고 믿고 있어요.

이불 밖은 위험해!

실은,

가장 위험한 곳이 이불 속이기도 하지~!

몸이 어디 있느냐보다

정신이 어디 있느냐가 중요하지.

때를 기다려

차근차근

때를 기다려.

기다림은 일이 완성되어 가는 과정.

붙지 않은 때를 미는 것만큼 아픈 건 없거든.

아이럽 우유

달콤한 커피에
우유를 더 하고 싶네요.
우리의 관계처럼.

sad goodbye

저물어 가는 달,
저물어 가는 태양,
멀어져 가는 당신.

모든 작별은 슬프다.

흘러간다

바람 따라
강물 따라
세월 따라

주말

근심 걱정 모두 내려놓고
주말만은 신나게
　　　　　달려 보자

놀 궁리

늘 궁리.
놀 궁리.

(늘 궁리한다.
누구와
어디서
어떻게 놀까.)

자라

초승달이 뜬 밤에는
자라도 잠을 잔다. 쿨쿨.

밤에는
잠을
자라.

미련

자신을 스스로 가두는 생각
'미련'.

때로는 포기할 줄도 알아야.

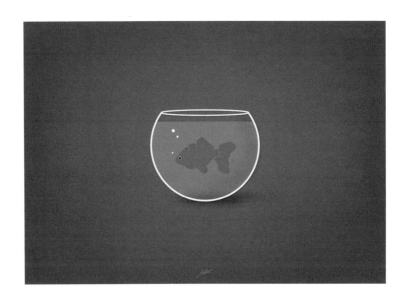

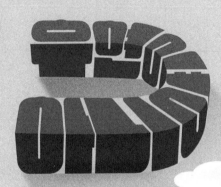

우리의 만남은 우연이 아니야

우리의 만남은 운명적 관계?

10대: 첫사랑

대학생: C.C

사회초년생: 개떡 같은 사수

20대: 소개팅 그녀(놈)

30대: 맞선 상대

40대: 웬수 같은 남편(아내)

왜 풀이 죽어 있니

풀 죽어 있지 마라.
한 번뿐인 인생이다.

숨죽이지 마라.
한 번뿐인 인생이다.

당당하게 외쳐라.
나 살아 있다고.
나 성공할 거라고.

떠나요

한 번쯤은
준비 없이 떠나 봅시다.

낯선 어느 곳에서
깜짝 놀랄 무언가가,
혹은 누군가가
당신을 기다리고 있을지도
모르니까요!

기도하는 손

날마다 형을 위해 기도하는 동생의 손입니다.
자식을 위해 기도하는 어머니의 마음과 같은 마음일 겁니다.

마음 방에 꽃을

우리
가슴에 피어 버린
이 꽃.

잘 가꾸어 갈 수 있게,
'마음 병'에 소중히 옮기고자 합니다.

마음속 화병에 꽃을.

울면 안대

울면 안대 사용법.

실컷 울고 싶은 날.
이불 속 대신
울면 안대를 착용하세요.

간편하게 사용할 수 있는 울면 안대.

(사용 부주의로 인한 손해배상청구 불가.)

인연

꽃과 나비.
여자와 남자.

꽃의 향기를 따라 날아든 나비.
여인의 향기에 취해 날아온 사내.

모두,
우리는 인연인가 봐!

나는 당신을 원해요

마음속에 있지만 건네지 못한 말.

깊은 강물의 흐름을
우리는 모르는 것처럼
당신을 향한 제 마음속 흐름을
당신은 모르실 거예요.

강물의 잔잔한 물결처럼
차분히 그대에게 고백하고 싶어요.

잘 자요

달도 잠든 밤.
별은 달을 비추고 있습니다.

당신의 잠든 얼굴을 보면
나도 모르게 미소가 지어진답니다.
그래서 잠을 이룰 수가 없어서
당신의 얼굴을 지켜보고 있어요.

달을 비추는 별처럼.

답장은 늘 느리다

당신에게 보낸 문자는 LTE. 당신에게 오는 답문은 전보.

GREED(욕심)

내 안의 탐욕이
머리를 채우는 순간,

나를
가두었다.

무너지지 마

포기하지 마라!
그 순간
당신은
패배자가 되는 거니까.

안아 줘

우리의 만남이
기쁨만을 가져왔으면 좋겠지만….

때로는
슬픔과 아픔을 동반하기도 하지.

그럴 때면
그대 품이 그립고
그대 심장 소리가 그리워.
그대 온기가 나를 안아 주길 원하는 순간이지.

그대 날 안아 줘.
따스하게 꼭 감싸 줘.

아침 · 점심 · 저녁 기죽지 말고

기죽지 않으려고
매일 챙겨먹는 약
자신감.

난 할 수 있어!

아침 · 점심 · 저녁

기
죽지말
고

휴식

식사 후
휴식은
아이스크림.

하악하악

나도 날고 싶다.
숨이 차도록
(우리 같이 날아 볼까.
숨이 차도록.)

젊음

20대 청춘에게
지금은
헬조선.

'헬조선'을 '헬로조선'으로 바꾸려면?

꿈을 타고 여행해요

인생은 꿈을 좇아 떠나는 여행입니다.

지금
당신은 꿈을 이루기 위해
즐거운 여정을 준비하고 있나요?

꿈만 꾸지 말고
꿈을 타고 날아오르세요.

나한테 바나나

나에게 반한 당신이 내게 건네 준
첫 번째 선물.

"바나나 우유!"

악플

댓글 하나가
사람의 운명을 바꿉니다.

괜찮아

힘들 때
거울을 보며 나에게 건네는 말.

괜찮아!

드뷔시 달빛

달빛 창가에서
드뷔시의 음악을 들어 보세요.

아름다운 피아노 선율에 흠뻑 젖은
자신을 발견하게 될 거예요.

입만 살음

우리 엄마가 나에게 날마다 하는 말.
"입만 살아가지고…."

기도

절실히
무엇인가를 원할 때

우리가 할 수 있는
유일한 노력,

기도.

내 안의 기를 모아
간절히 자신에게 도움을 구하세요.

비틀스(Beatles)

영원히

기억될

우리의

우상!

꿀잠 자요

하루 일을 마친
미생들에게 필요한 건,
꿀잠입니다.

다음 하루를 버텨 낼 수 있게,
꿀잠 자요.

자유

우리는 어릴 적에
어른이 되면
자유를 얻을 줄 알았다.

자유에는 책임이 따른다는 것을
어릴 땐 몰랐었다.

자유는 절대
공짜(Free)가 아니라는 것을.

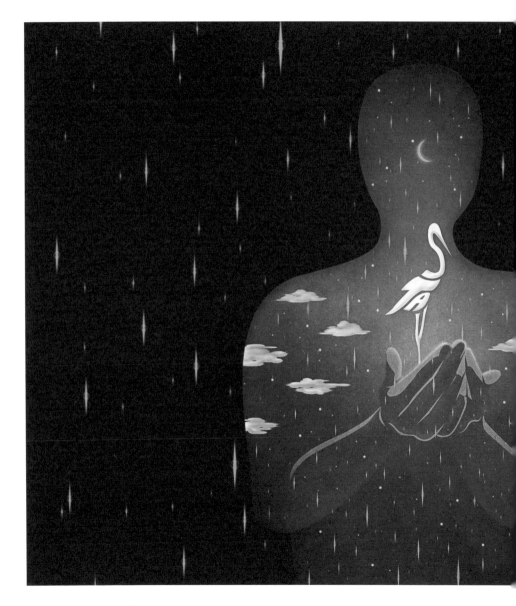

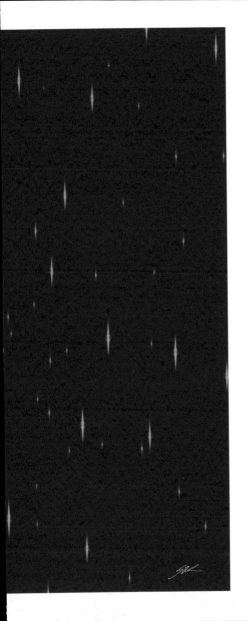

STAY

고고한 자태의 당신을
마음속 어딘가에 잡아 두고 싶습니다.

내 곁에
머물러 주세요.

FALL

떨어지고 있네요.
떨어지고 있네요.

내 마음, 당신 마음속으로
추락하고 있어요.

그대 마음속으로 떨어지는

날

받아 줄 순 없나요?

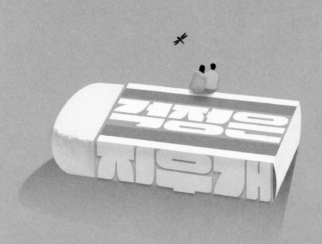

걱정은 지우개

우리는 걱정을 달고 삽니다.

알고 보면
아주 사소하고
보잘것없는 일로
고민하는 겁니다.

그래서 우리에게 지우개가 필요합니다.
여기,
걱정을 지우는 지우개를
당신 마음에 선물합니다.

참외롭다

무엇을 채워야 할까.

아직 깨끗이 비우지 못한 걸까.

속이 텅 비어 버린 참외처럼,

참 외롭다!

고요한 밤 거북한 밤

고요한 밤에는 당신과 낭만을.
거북한 밤에는 당신을 위해 기도를.

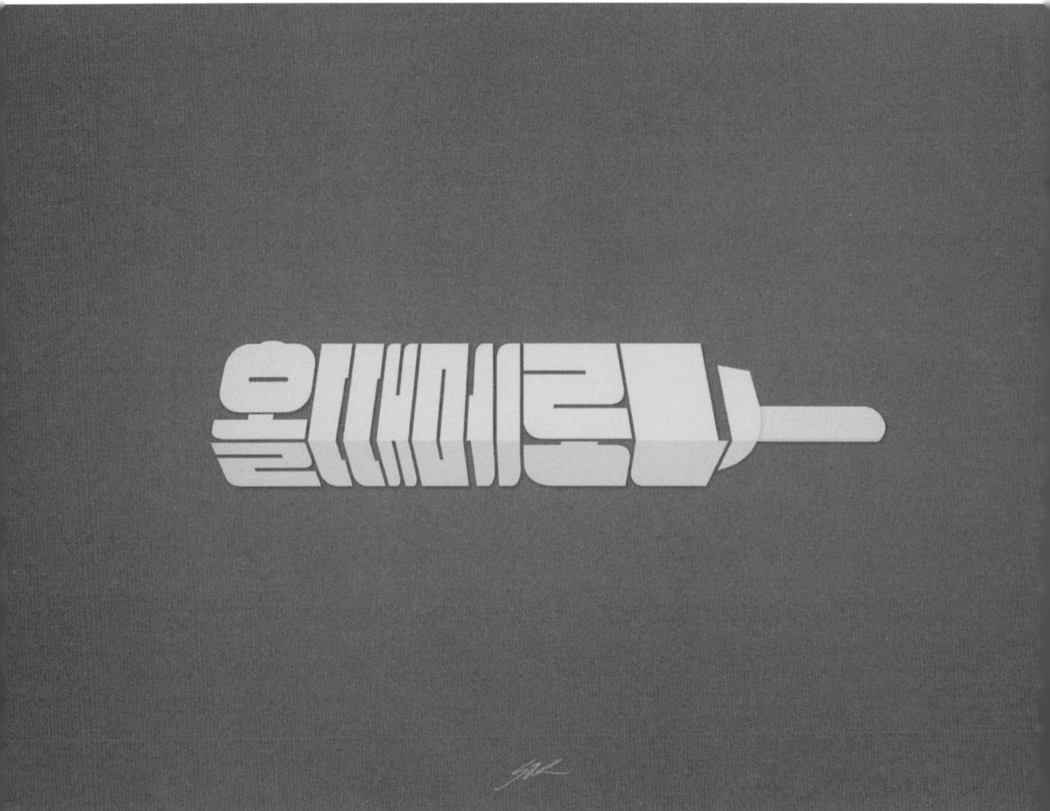

올 때 메로나

남친이 놀러 온다고 할 때 여친이 남친에게 하는 말.
오빠가 외출할 때 여동생이 오빠에게 하는 말.
아빠가 퇴근할 때 엄마가 아빠에게 하는 말.

"올 때 메로나!"

우리는 그렇게 늘 '메로나'를 원했다.

가을 탄다

서늘한 바람이 부는 가을,

남자는

가을 탄다.

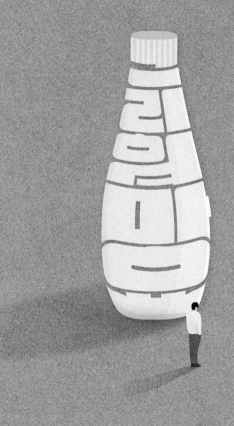

그리워 마요

짜고 또 짜도 나오지 않는
튜브의 찌꺼기같이
마음 한구석에 자리 잡고 있는
당신을 향한 그리움을
짜내 버릴 수가 없네요.

그대를 그리워하고 싶지 않은데
자꾸만 그리워져요.

저는 매일 결심합니다.

마음아,
그리워 말자!

마음아,
그리워 마요!

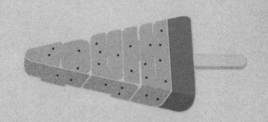

수박바

자세히 보아야 다름을 알 수 있다.

수박바라고 다 같은 '수박바'는
아니란 걸 알까나?

멀어지네요

처음에는
몸이 멀어지면 마음도 멀어진다는 말,
믿지 않았어.

너의 빈자리를 느낄 때마다
그 말이 믿어지네.

그럴수록
점점
너와 나,
멀어지네.

네가 뭘 악어

남 말하기 좋아하는 사람들에게 해 주고 싶은 말.

네가 나에 대해서 뭘 알아.

언제 보냐 얼굴 까먹겠네

굴 까먹는 소리 말고
우리 얼굴 좀 보고 살자!

불면증

잠이 오지 않는 밤.

그 이유는, 당신이에요.

사이다

"우리는 00 사이다."

너와 나는 어떤 사이일까?
우리는 어떤 사이일까?

이런 물음에 시원하게 답할 수 있는
사이가 되었으면 좋겠다.

사이다처럼.

멈추시계 내게

가시는 발걸음 재촉 말고,
내게 멈추시계.

당신을 향한
나의 마음을 듣고서도
갈 수 있다면,
그때 날 떠나도
괜찮지 않겠소?

나한테 왜 고래

제발, 나한테 이러지 마!
너도 알잖아.
내가 널 얼마나 사랑하는지….

힘내삼

동식아!
삼 먹고 힘내삼.
세상일이 다 그렇지.

아픔은 흘러가지

많이 힘들지?
시간이 흘러 되돌아보면 알 거야.
아픔도 같이 흘러갔다는 걸.

한 방 먹여

착하다는 말의 다른 말은 네가 호구라는 뜻이야!
매번 당하지만 말고, 한 방 먹여.

널 패브리지

뒷돈 받는 공무원.
양심 없는 기업인.
갑질하는 대기업.

모두
패 버리지.

오이가 없네

너, 영화 〈베테랑〉 봤냐?
못 봤다고?
어이가 없네.

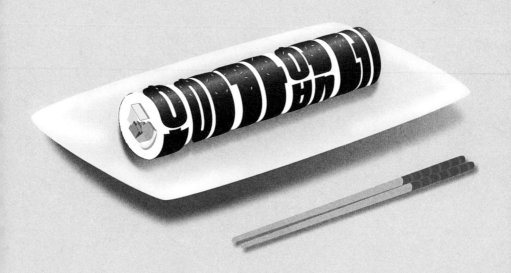

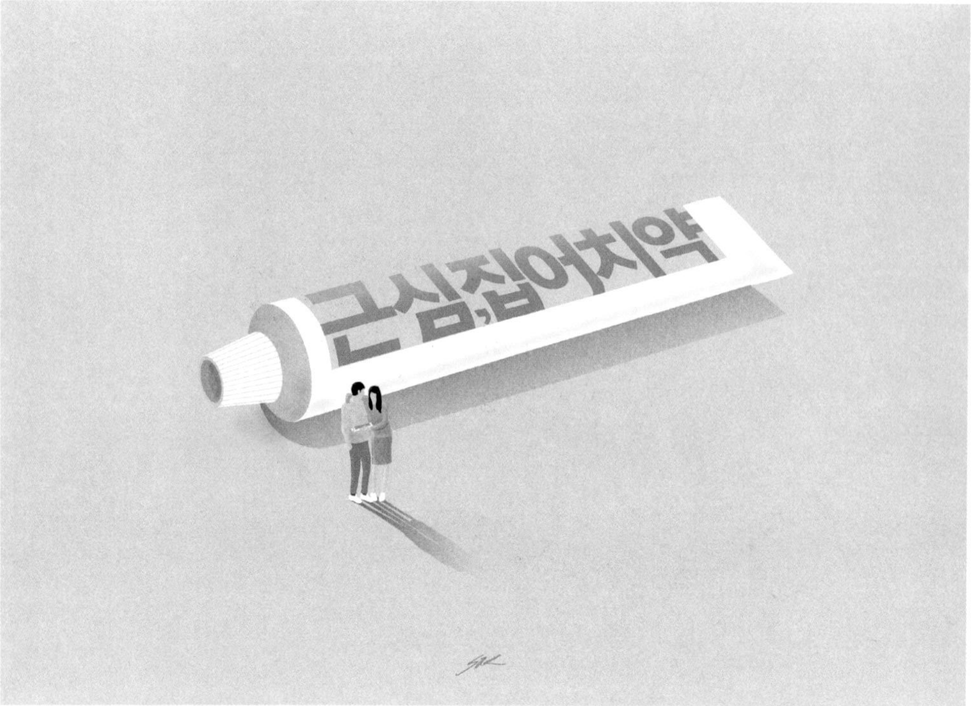
근심,집어치약

근심, 집어치약

항상 근심에 빠진 그대.

근심, 집어치워라.

그런다고 세상이 마음대로 되지 않는다.

'오늘 하루 열심히 살다 보면
해결책이 보이겠지' 하면서 살아 보자.

떠나가지 마

아무리
잇으려 해도
잊을 수 없다.

하지만 잡을 수 없다.

떠나가는 널 잡는다면
결국
부서질 테니.

내게 낙타나 줘

우리 인생은 사막을 걷는 것과 같습니다.
그 불모지에서 살아남기 위해 가장 필요한 건 낙타입니다.
강인한 생명력으로 우리의 길을 끝까지 인도해 주는
소중한 동반자입니다.

내가 당신을 기다리는 이유이기도 합니다.
인생이라는 사막에서 살아남기 위해 필요한 동반자,
바로 당신이 내 앞에 나타나 주길 바라는 겁니다.

너에게 반합

매일 홀로 한 젓갈 하고 있습니다.
〈태양의 후예〉를 보며….

송중기가 부러운 이유는
뽀글이 한 젓갈 나눠 줄 수 있는 사람이 있다는 것.

맴도는 내 마음

당신 곁을 맴도는 내 마음 어찌하리오.
달이 지구를 벗어날 수 없듯
저는 당신 곁을 벗어날 수 없는 운명이오.

그리하여 내 삶의 중심은 당신이오.
당신의 마음을 얻을 수 없다 한들
이 마음은 변하지 않는 삶의 진리와 같을 거요.

안부

매일 너의 편지를 기다린다.

무작정.

보고 싶다

볼 수 없어서 보고 싶은 게 아니라
보고 있어도 보고 싶기에
보고 싶다.

비트 주세요

비트 감이 있는 음악으로 소중한 하루를 시작하세요.

하루가 비트 있어질 거예요.

`

젖고 있어

다 젖고 있는지도 몰랐다.
무언가에 빠져서, 그 순간만큼은.
그 속에 빠져들어 가는지도 모르고 있었다.

내 곁에만 머물러요

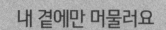

떠나면 안 돼요~.

알고 보면 깨알재미&작가의 작품 설명

하면 돼지 무리하게 다이어트하는 친구들에게 보여
주면 재미있는 그림. 자꾸 다이어트하면 돼지!

그대 내게 오리 언젠간 맞이할 '그 사람'을 생각하며
그린 작품이에요. 천천히 바다를 건너 내게 다가오고
있겠죠? 오리 모자를 쓰고, 오리 배를 타고!

이불 밖은 위험해 추운 겨울날, 집에서 히트텍을
입고 귤을 까먹으며 티브이 보는 제 모습을
떠올리면서 그려 본 작품이에요.

SAD GOOD BYE 떠나보낸 사람에 대한 애틋한
감정을 정리하려 애쓰며 그린 작품이에요. 그때
묘하게도 슬픔과 행복이 동시에 느껴졌지요.
'A' 형상의 배를 타고 떠나는 사람은 지금 간절히
기도하고 있답니다.

불면증 거꾸로 보면 잠 못 들어 하는 제 얼굴의 그림자가 숨겨져 있답니다.

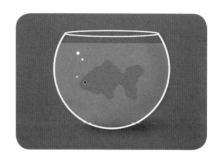

미련 흔히 말하는 '어장관리' 하는 사람들이 자유롭게 흘려보내지 못하는 이유가 뭘까 생각하며 그려 봤어요.

주말 처음엔 주말이 너무 빨리 지나가 버려 아쉬운 마음을 표현해 보려고 했어요. 그렇지만 최근에는 '주말엔 즐겁게 달리자!'라는 의미로 받아들이고 있지요.

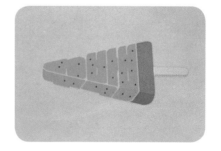

수박바 수박은 반드시 '녹색 껍질'에 '붉은색 과육'이어야 할까요? 그 반대가 되면 안 될까요? 수박바 껍질 부분과 과육 부분을 바꿔 만들면 훨씬 잘 팔리지 않을까 상상하며 그려 본 작품이랍니다.

흘러간다 자신의 몸을 싣고 물 위를 흘러가는 것이
비록 깃털처럼 가볍고 약해 보일지라도 자신을 굳게
믿고 나만의 항해를 떠나자는 의미를 담아 그려
보았어요.

괜찮아 김제동의 〈청춘 콘서트〉 중에서 '자존감'을
주제로 한 강연을 들었어요. 자신을 이해하고
토닥여 주는 것이 얼마나 중요한지를 깨닫고 바로 이
그림을 그렸답니다.

드뷔시 달빛 외국에서 그림 공부하는 친구가 보내
준 음악이에요. 잠들기 전, 이어폰을 꽂고 듣다가
완전히 심취해서 여러 번 반복해서 들었어요. 그때
제 가슴을 가득 채운 생각과 감동을 담아 그린
작품이지요. 달 아래 '큰 얼굴'과 피아노 치는 사람의
얼굴은 바로 제 얼굴이랍니다.

아침 점심 저녁 기죽지 말고 아버지께서 병원에
입원해 큰 수술을 하신 적이 있어요. 그때 병원
회복실에서 우울해 하는 저를 오히려 다독이며
응원해 주셨지요. "우리 아들, 자랑스럽게 생각하고
있으니까 하고 싶은 일 하면서 기죽지 말고…!"

기도하는 손 엉망이 된 친구의 기도하는 손을 그린 독일의 화가 알브레히트 뒤러의 '기도하는 손'을 모티브로 표현해 봤습니다. 뒤러와 관련된 키워드들로 이루어져 있는 작품입니다.

stay 결국 날아가 버릴 길 알고 있었어요. 그래도 잠시 내게 머물러 줬으면 하고 바랐었던 마음. 그 경험을 작품으로 표현해 봤어요.

고요한 밤 거북한 밤 매년 솔로로 맞이하는 크리스마스. 어느 해인가, 무심코 캐럴을 따라 부르다가 어느 순간 저도 모르게 '거북한 밤'이라고 불렀던 기억이 나네요. 그 추억을 살려 그려 본 작품입니다.

내 곁에만 머물러요 소파에 누워 드라마를 보다가 오혁의 노래 〈소녀〉를 들었어요. 그때 문득 영감이 떠올라 이 그림을 작업했는데요. 제가 누워 있던 그 소파가 제게 자기를 떠나지 말아 달라고 부탁하는군요. 저는 마지못해 하는 듯 계속 소파에 누운 채 게으름을 피우고 있고요.

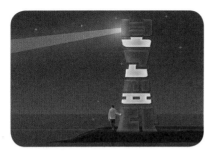

보고 싶다 등대 아래엔 한 남성이 누군가를 하염없이 기다리고 있어요.

오이가 없네 자세히 보시면 유아인이 오이를 들고 있어요!

젊음 남 눈치 보며 다른 사람들과 비슷한 삶을 살아야 한다는 생각에 거부감이 컸어요. 다른 사람과 자신을 비교하며 사는 삶처럼 어리석은 삶이 또 있을까 생각하며 살았지요. 졸업, 취업, 결혼 같은 현실적인 문제에만 매몰되어 살다 보면 '진짜 젊음'을 누리기 어려울 테니까요!

FREEDOM 르네 마그리트는 제가 제일 좋아하는 화가예요. 그의 작품에서 영감을 받아 '달과 신사'의 뒷모습을 표현해 보았어요. 그림 속의 실루엣으로 묘사된 '모자 쓴 신사'의 모델은 제 아버지랍니다. 가족을 위해 성실히 일하다 정년퇴직 후 휴식을 취하고 계신 사랑하는 내 아버지!

꿀잠 자요 푸 잠옷을 입고 꿈 속에서 잠을 자고
있어요. 사다리 아래엔 추억의 '삼선슬리퍼'도
있답니다.

입만 살음 정치 관련 뉴스를 보면 항상 드는 생각을
그려 보았어요. 책임지지 못할 말들을 어찌 그리
잘들 하는지….

멀어지네요 넬의 노래 〈멀어지다〉를 듣고 많은
영감을 얻어 이 그림을 그렸어요. 우주를 뜻하는 단어
'space'와 컴퓨터 키보드의 띄어쓰기용 'space'가
같다는 점에 착안하여 막막한 우주 공간에서 서로
가까이 다가가지 못하고 계속 멀어질 수밖에 없는
안타까운 상황을 표현해 보고 싶었답니다.